KB262208

노도에서의 하룻밤

노도에서의 하룻밤 외

제4회 김만중문학상 수상작품집 – 시부문

1판 1쇄 인쇄 2013년 10월 20일
1판 1쇄 발행 2013년 10월 25일

저 자   박현덕, 송유미
저작권자   남해군 · 김만중문학상 운영위원회
발행인   박현숙
펴낸곳   도서출판 깊은샘

디자인   파피루스
인 쇄   임창P&D

등 록   1980년 2월 6일 제2-69
주 소   서울시 종로구 낙원동 58-1 종로오피스텔 606호 우편번호 110-320
전 화   02-764-3018, 3019
팩 스   02-704-3011

ISBN 978-89-7416-237-5 03810

금상 수상작 | 박현덕

노도에서의 하룻밤

제4회

김만중

문학상

시부문

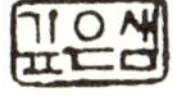

차례

노도에서의 하룻밤

물고기 뱃속에서 나온 김만중의 편지

　시, 시조부문 심사를 맡은 세 명 심사위원이 원고를 돌려 읽고 수상작이 될만한 작품을 각각 한두 명씩 낙점하기로 했다. 몇 차례의 윤독과 토론을 거쳐 네 명의 작품이 가려졌고 그 중 큰 이견 없이 〈노도에서의 하룻밤〉 외 59편과 〈물고기 뱃속에서 나온 김만중의 편지 1〉 외 8편이 최종까지 남았다. 두 응모작의 공통점은 김만중과 그의 시대를 모티브로 시집 분량에 가까운 신작시를 보내왔다는 점이었다. 그런 양적 결실 못지않게 시의 맛과 멋을 유지한 균질의 밀도도 갖추고 있어 반가웠다. 시의 독자는 줄었으나 시인과 시는 계속 증가하고 있고, 그런 풍요가 나태와 방만의 언어를 양산하고 있기도 하다. 이대로 간다면 시는 결국 결여가 아닌 풍요로 망하게 될 것이라는 우울한 예측도 가능하다. 그런 생각으로 우리는 자연스럽게 시조 〈노도에서의 하룻밤〉 외 59편을 앞자리에 놓게 되었다. 시조가 가진 절제미가 오늘의 시단에 던지는 암묵적인 메시지를 그의 시에서 읽었기 때문이다. 다 말하지 않고도 더 말하는 시조의 미덕을 확인할 수 있었다. 그런 잣대로 본다면 서간체와 독백체가 교차하는 〈물

고기 뱃속에서 나온 김만중의 편지〉 연작은 다소 장황한 편이었
다. 자유롭기는 하나 상대적으로 동어반복과 감정의 과잉 노출
이 흠으로 지적되었다. 어쩌면 그것은 우열의 문제라기보다 우
리 시를 위한 지금 당장의 처방과 관련된 어쩔 수 없는 선택이었
을 것이다. 심사가 종료되고 심사평을 쓰며 알게 된 사실이었지
만 두 분 수상자 모두 지금 우리 시단에서 활동 중인 중견시인들
이었다. 이 두 시인들은 이번 응모작을 쓰기 위해 잠시 초심으로
돌아갔을 테지만 사실 좋은 시인은 늘 그렇게 처음 자리에 자신
을 데려다놓을 줄 안다. 늘 그렇게, 처음 자리에서 시작하는 시
를 우리는 기다린다.

_이우걸 정호승 최영철

노도에서의
하룻밤

박현덕

1967년 전남 완도 출생.
광주대 문창과 및 동 대학원 졸업.
1987년 〈시조문학〉 천료.
1988년 월간문학 신인상 시조 당선.
1993년 경인일보 신춘문예 시 당선.
2011년 서울문화재단 문학창작기금을 받았다.
중앙시조대상, 한국시조 작품상, 시조시학상 등을 수상하였고,
시조집으로 〈1번 국도〉 등이 있으며,
현재 '역류' 동인으로 활동하고 있다.

박현덕 당선 소감

작년 여름휴가를, 가족과 함께 남해로 갔습니다. 푸른 바다와 파도가 넘실거리는 남해를 떠올렸습니다. 남해유배문학관에서 우리는 남해의 새로운 사실에 주목했습니다. 유배의 섬이란 것입니다. 김만중의 구운몽과 죽방렴 멸치잡이를 본 후 죄인을 압송하는 소 위에 올라 한때 조선 시대로 거슬러 올라 갔습니다.

보리암, 금산, 죽방렴, 관음포 등을 돌아다니며 남해에 대해 많은 것을 느끼고 그것들을 저는 가슴으로 받아들였습니다. 그리고 작년 여름의 기억을 떠올려 제4회 김만중문학상에 응모했습니다.

시조로 60편을 창작하면서 저는 김만중과 접신하는 것 같았습니다. 태어날 때부터 노도에서 돌아가실 때까지, 작품 속에서 김만중과 한몸이 되었습니다. 부족한 작품을 선정해 주신 심사위원님들께 고마움을 전합니다.

시조의 길을 열어 주신 송선영 선생님, 문학의 인간학을 가르쳐 주신 광주대의 신덕룡 교수님, 〈시조시학〉의 이지엽 편집주간님께 큰절을 올리고 싶습니다. 문학의 길을 걷는 데 스승이 되신 분들입니다.

시인의 아내가 되어준 오정숙, 그리고 귀여운 딸 금지, 듬직한 아들 윤재랑 이 기쁨을 나누고 싶습니다. 한 작가에게 가족은 위대하기 때문입니다.

강화도 가는 길

서시序詩
_ 바람

바람 불고
일순간
하늘이 어두워진다

눈 앞에
흩날리는
검붉은 단풍잎들

다 저녁
창호지 더듬는
갯바람의 지문指紋들.

강화도 가는 길

눈은 시방 내린다 어머니 배 안에서
만기 형 잡은 손에 시린 세상 쌓이고
강화도 그 금성탕지, 섬뜩 뼈를 오려 낸다

누구도 이 조선의 주인 될 수 없다고,
죽음이 물결치는 한양을 빠져나와
눈물을 꾸역꾸역 삼키며 눈바람 뚫고 간다

얼마쯤을 더 가야 요새에 도착할까
황토길 널브러진 백성들이 들풀로 눕고
잠 설친 호란의 얘기, 가슴을 멍들게 한다.

병자호란

누구를 탓해야 할까

서슬 퍼런 칼날에

무수히 짓밟힌 꿈

살아 있음이 죄가 되는

그래도

못 견디게 살아

헐떡이는

이 목숨.

피란선
_ 어머니

강화 행궁 검붉게 타오른 것 보다가
포구에서 물러나는 영남전선嶺南戰船 의지해
묵빛의 슬픔을 갈아 서찰을 보냅니다

손 끝이 무장 떨리고
한지韓紙 한 장도 부족해

한 번에 치마폭을 찢어 애잦는 세월을 읊조립니다. 만기 아버
지! 바깥마을 친정 할아버지댁에 거주해 성 안의 소식을 듣지 못
했습니다. 다만 정월에 오랑캐가 강을 건너와 관군과 싸우는 중이
니 성이 함락될 거라 하더이다. 물살에 떠밀려가는 관군의 시체를
보며, 아, 아 정녕 헤어지는 시간인가 적막한 파도소리에 나는 다
시 풍설風雪처럼 웁니다.

조선이 부활해다오
기도하는 여린 목숨.

몸 안의 떨고 있는 아이를 어루만져
저 하늘 피를 토한 놀빛으로 다가오는
당신의 거룩한 모습을 노래로 들려줍니다.

구름 속을 걷다

_ 아버지

“네가 만일 살거든 이 옷을 내 아이들에게 전하여 뒷날 허장虛葬
하는 제구祭具로 쓰도록 하라.”

햇빛 한 줌
들지 않는
수척해진 조선의 하늘

강화도가 함락되자 나는 오랑캐의 칼을 피해, 못 피우던 담배에
불을 댕겨 구름을 만들며 화약궤에 걸터앉았다. 담뱃불이 확 타오
르자 구름을 한 모금 삼키고
그 불꽃을 화약에 댔다.
하늘 향해 터지는 불꽃, 나는 구름 속에 머물러 그 구름밭을 거
닐며 피처럼 번진 불꽃 때문에 바삐 피난 가는 행렬을 보았다. 세
상 참 오질게 적색구름을 이루어, 그 구름을 타고 조선을 내려다
보면 공허한 가슴에 돋는 맷잎 같은 아이들.

세상에 흰 구름 같은
어린 새끼 그립다.

유복자

병자호란 난리 통에 병선에서 태어난 아이

어미는 이불처럼 바닷바람 끌어 올려

꿈길은 항상 맨발로 지아비를 찾는다

전쟁의 소식들이 강화만으로 올 때까지

먼발치 불빛인 양 마음마저 타버린 밤

느지막 보채는 아이, 속절없이 젖을 문다.

대부도에서
_ 난리가 그치기 전까지 대부도에 살았다

해변에서 좀 더 멀리
얼기설기 지은 집

집 틈새로 전쟁 얘기
게처럼 들락거리고

어머니
바닷가 나가
끼니를 찾고 있다

대부도 산정 올라
강화를 바라보니

유폐된 바다 위에
연기만 피어오른다

소문이
집까지 따라와
하룻밤 묵고 갔나.

소문이

하룻밤 묵고 갔나.

그해 겨울 · 1
_ 강화도에서

외딴 초가
세 식구가
화로에 몸 녹인다

들판을 휩쓸고 간
아비에 대한
그리움이

강화 땅 광활한 눈밭 위
바람붓 편지를 쓴다.

그해 겨울 · 2
_겨울비

살을 베듯
가난 베듯

겨울비가 내린다

근본이 무엇인지
잎도 꽃도
지고 말아

어머니 다듬이 소리
화살처럼 박힌다.

외갓집에서 · 1

굴곡진 손금의 강 내 유년을 따라가면
남루한 날 잠시나마 처마 밑에 의지한 채
등잔불 환히 밝혀 두고
서책을 넘겼다

숨죽인 채 살아가는 시간이 깨어나면
어제처럼 눈자위에 후줄근 비 내리고
긴 협곡 불쑥 지나가는
어머니 매운 말씀.

외갓집에서 · 2

_ 아버지 생각

잠도 멀리 달아난 시간
어둠은 다시 커져

병자년 실록 읽으니
흰 옷 입은 사내들이

무수히
전쟁터로 달려가
성곽 위 달로 떴다

달이여, 그 시린 하늘 차고 떠오르던

노래여, 슬픔을 간직한 채 불을 켜는

의병의 마른 기침 소리 어둠을 밀어낸다.

외갓집에서 · 3
_ 친정살이

달이 뜬다
사는 일도

하루 접는
늦저녁이다

꽃과 새도
막 잠든

적막한
시간인데

어머니
눈치 못 채게
군불을
피우고 있다.

어머니 · 1

바람 드센 문간방
아이들은 잠들어

감나무 그 가지에 총총히 걸터앉아

한사코 휘파람새로
목청 길게 뽑는다.

어머니 · 2
_ 부군을 떠올리며

밤 새워 바느질품 졸음 쫓다 문을 열면
강화성 순절한 그대, 별꽃으로 피어나서
어둠 속 형형한 눈빛
어깨를 쓸어 주네

지아비 건너가신 아득한 세상 저편
젖은 얼굴 훔쳐 내는 끝 모를 눈물바람
천지간 멎지를 않아
온 밤이 흠뻑 젖네.

어머니 · 3

외갓집 낯선 한양
벼랑을 짚고 올라

날마다 삯바느질
한 땀 한 땀 꿈을 깁는

금강송
껍질 같은 손
가난을 풀고 있다.

어머니 · 4
_ 새

가끔 밥 먹다가
가끔 책장 넘기다

시든 꽃을
수놓는
어머니께 묻는다

허공을
바느질하며
날아가는
새의 꿈을.

가을
_ 丁酉九月落第後作*

가을 해는 저물고
강가에
돌 던진다

돌돌 뭉친 마음을
감싸 안는
강물들

조금씩
흐느적거리며
물결 타는 돌멩이.

---

* 정유구월낙제후작(丁酉九月落第後作): 정유년 구월에 낙방하고 지은 시.

마음아, 집을 나서
과거를
볼 때처럼

너는 다시 백지 위에
몇 구절
적고 있으니

적빈의
한 생을 갈겨써
부활의 꿈을 꾼다.

길을 나서다

– 29세 때 관직에 나감

해마다 모진 겨울 혼자서 견뎌냈다
좁은 방 모로 누워 새우잠을 청한 나날
바람에 서걱거리는 슬픔, 눈발 속을 헤맸다

맨발로 가로질러 뛰어간 저 겨울 벌판
논어며 소학으로 선비의 정신 담아
한목숨 오롯한 성찰, 詩文 펼쳐 보였다

이제 길을 나선다. 마침내 품계 받아
어머니 눈물 말은 밥을 먹던 기억으로
이 세상 정도를 찾아 새 아침을 맞는다.

단천절부시端川節婦詩* · 1
_ 가을

가을날 객사에서

네 사랑을 가만 듣네

비취빛 하늘 위로

봉긋한 저 햇덩이

무수한 시간 지나도

기울지 않는 여자

바람과 햇살 불러

너 위해 부른 노래

----

* 단천절부시(端川節婦詩): 함경남도 단천의 기생 일선이 한 번의 사랑을 지키기 위해
일생을 수절한 실화를 김만중이 노래한 작품이다.

詩 한 수 바치노니
경계가 환하구나

한 세월, 앙상한 숲에
파닥이는 치맛자락.

詩 한 수 바치노니

단천절부시 端川節婦詩 · 2

1. 서사

새벽녘 닭이 울고
보름달도 둥실 떴다

연꽃처럼 미천한 집의 딸 일선과 성균관 태학생 낭군은 달빛 물
결 따라 마냥 운다. 이 새벽이 지나면 한양으로 가야 할 낭군. 일
선은 단천의 여종이라 마음만 따라간다고 낙숫물 떨어시는 소리
로 쓰러져 운다. 아슬한 인연, 벼랑까지 지고 간다는 일선의 우짖
는 소리가 마침내 불화살 되어 낭군의 가슴을 꿰뚫는다.

달빛에 낭군 무릎 베고
잠시 잠든 저 일선.

2. 이별

단천 험한 마운령
꼭대기에서 작별한다

바람 또한 맵게 불고
눈 밑에 강은 넘쳐

온몸이 그 못에 빠져
저리 만월 뜨는가

물과 같은 사랑이라
변할 수가 없다고

낭군은 외칩니다
귀촉도로 울던 일선

그날 밤 옷소매 찢어
혈서로 맹세한 사랑

아득히 멀어져 간
낭군의 뒷모습에

우두커니 선 채로
들풀처럼 흔들리면

마음은 고개를 넘어
바람새가 되어 난다.

3. 수난

관찰사가 단천에 와
객사에서 머무는데

비파 타는 기생도
가슴에 안지 못하고

일선이 시중 들기를
단천 태수께 청한다

몹쓸 병에 걸려서 자리 깔아 누웠다고 관아 심부름꾼에게 제 마
음을 전하며, 가만히 몸을 일으켜 우물 속으로 뛰어든다

일선 구한 마을사람들
창백한 얼굴 보며

객사 안 관찰사를
입에 넣고 씹어대니

그 사랑, 바람에 실려
단천을 빠져나온다.

4. 수절

매일 어둔 골방에서 낭군이 남기고 간
동심결 머리카락 하염없이 매만지다
한양땅 편지를 뜯어 사망소식을 접하네

하루하루 살기가
소태 씹듯 하는구나

저자에서 금비녀와 비단치마랑 값나가는 것들을 모조리 팔아,
상장과 상복을 사 어머니께 하직 인사하네. 한양으로 가는 길에
살갗이 높새바람에 찢어져도 동대문 지나 사람 붙들고 물어봤네.
　요망한 여우라 시어머니와 본부인이 면박하니, 여종들 틈에서
몰래 잡다한 일들을
　몸 숨기고 했네. 슬퍼, 하늘을 보면 인자한 낭군 얼굴이 내게로
와 한밤중까지 펑펑 울었네

　양반집 허름한 뒷방
　새우처럼 겨우 잔다

　인왕산에 눈이 녹고
　봄 오는 그 순간에

　시어머니 본부인이
　마음 돌려 후회하니

　서리가 내리지 않아
　얼굴이 환해지네.

5. 결사

사대부집 여자들도
짐짓 놀란
일선의 절개

저 북망산 낭군의
무덤은 더 푸르고

늦은 밤 정안수 속에
별로 잠긴 그 마음.

금성 가는 길

금성 가는 길 · 1

얼굴 찌푸린
예송禮訟 논쟁,
식솔들 자는 밤중

첩첩 산
금성 향해
봇짐 메고 나선다

아내는
울음을 터뜨려
나를 끌어당기고

멀어진
가옥 한 채
달빛에 젖어든다

적막을 지고 누운
산들의 몸부림에

어둠에
빠진 발길을
추스르며 걷는다.

금성 가는 길 · 2

썰물 질 때
아프다

사랑이 비워지듯

귀양 가기 전
어머니께
하직 인사 드리니

뱃속의
만수위滿水位 사랑
시린 뼈를 관통한다.

금성 가는 길 · 3

폭설에 길이란 길 모조리 사라지고
바람도 잠시 멈춰 세상이 화선지 같다
먼 곳에 유배 떠나는 내가 그린 한 획의 몸

어쩌다가 낮달이 산 위를 기어가고
백지의 공허함에 고개 숙인 소나무
잔가지 툭 부러뜨러 빈 하늘 열고 있다

주린 발이 푹푹 빠져 발걸음이 느려진다
고드름 열린 동굴에 내 마음 내려놓으면
세상 밖 잡다한 생각, 정월처럼 꽁꽁 언다.

금성의 배소에서 · 1

늘어진 몸을 끌고
마루에 나가 앉아

바람의 가래질에
가슴 밭 쓸어 가며

산부리 걸린 노을에
붉은 꽃을 피운다.

금성의 배소에서 · 2
_ 홍시

삿갓구름 머물다 간
산봉우리 꼭대기

육중한 몸뚱이로
풀어내는 생각 있어

왜바람 지날 때마다
무수히 떨어진 홍시

외챗집 울타리는
탱자나무 울타리

해를 품은 한마음이
가시에 으깨어져

이윽고

홍시 빛깔로

취해 보는 저물녘.

금성의 배소에서 · 3

_ 한양 行

얼마큼
예서 있어야

상처를 지워 버리고

가고픈 곳 한양으로
준마 탄 채 질주할까

밤이면
베개 속까지
흥건하게 젖고 있다.

금성의 배소에서 · 4

하루 종일 깊은 생각에 잠겨 있는 하늘에
새 한 마리 바늘 물고 상처를 꿰맵니다
가슴의 한쪽은 파여 웅덩이 되었는데

바람 불고
비 내리고
꽃필 때
마냥 울어

당신 쪽으로 하루 몇 번씩 큰절을 올립니다. 당신은 어둔 밤 봉
창을 열면 하늘에 뜬 그 저녁별이었습니다.
　한 잎의 푸른 지조로 당신께 직언의 나무를 심었습니다. 당신은
안개가 깃들지 않는 그 숲의 가운데로 오십시오

방 가득 별빛이 가득 차
눈에 가득 일렁입니다

그림자도 사라지는 저녁 무렵 이맘때면
기억했던 풍경을 방 안으로 옮겨서
마음에 가둔 새 한 마리, 겨우 물만 줍니다.

기몽 記夢* · 1
_ 나비 되어

어둔 시간 가로질러
사르르 눈 감으면

전신 타고 역류하는
서너 뼘 눈물 마디

한밤중 나비가 되어
바람결에 재 넘는다

애틋한 식솔들 안부
허공에 떠다니고

고향집 토방 앉아

---

* 기몽(記夢): 귀양살이 할 때의 하룻밤 꿈인데 서울 본가에 귀환하여 어머니와 아내와
  형님과 조카들을 만나서 기뻐한 것이 그 내용이다.

문틈으로 살짝 보니

등불 밑 바느질하는
아내 손이 초췌하다.

기몽記夢 · 2
_ 별

여윈 잠에 몸을 틀면
구름이 내려온다

반듯한 하늘에서
별을 훔쳐 던진다

한양집
가는 길목에
이정표를 삼는다.

기몽記夢 · 3
_ 몸살

밤새 가슴 우짖고
가랑비가 옵니다

두고 온 식솔들이
보고 싶은 베개 밑

나는 또
물비린내 따라
망망대해
떠돕니다.

봄비 내리는 오후

바람에 미닫이문 닫기다 열리다가
맨살을 드러내던 풀꽃의 봄날 오후
그 바람 회오리 속에 작달비가 내린다

물길이 가는 곳으로 기우는 마음 한쪽
내리는 빗물 받아 유배의 죄 씻고 싶다
성난 듯 퍼붓는 빗줄기, 네 뜨건 목숨이여

한바탕 쏟아진 비 꽃들이 눈을 뜨면
어머니 계신 서울 북당의 푸른 뜰에
원추리 몇 그루 피어 즈믄 생각 보태진다.

연가戀歌 · 1
_蒙宥放還*

살갗에 주름 잡힌
허리 굽은 어머니

어머니는 복숭아나무였다. 나는 달디단 과육을 맛보기 위해 벌
레처럼 어머니의 살갗을 갉아먹었다. 어머니의 복숭아나무를 긁
으면 검붉은 피가 나왔다. 한참 동안 피를 닦아내면 어머니의 몸
속, 찰랑거리는 우물이 보였다

얼마나 살 수 있을까
물 다 마른 어머니.

---

* 몽유방환(蒙宥放還): 귀양지에서 풀려난 김만중이 평생 어머니께 효도하면서 살아 보
  리라 쓴 칠언절구의 시.

연가戀歌 · 2
– 유배지에서

밤새 잠 뒤척이던
계곡 물소리
한 됫박

햇살과
바람과
가을보다
봄햇살을

여전히
서간에 넣어
열흘마다
올린다.

버림 받은 궁녀

경대 속 몰래 들어
그렇게 혼자 우니

폭설도 비바람도
되풀이된 이 세상에

왕에게 버림 받은 것
내 처지와 똑같구나.

북으로 스승 뵈러 가는 만준을 보내며

　마음 짠해 함경도 덕원 가는 만준에게 어물전을 지나다 말린 생
선 사서 준다.
　추녀 밑 물고기 풍경, 끊임없이 꿈틀거리고

　밤 안개가 깔린다 사랑채 술 나누며, 적소에 머무르는 우암도 거
친 바다 유영한 물고기 되어 거푸 잔을 비운다.

아내 생각 · 1
_ 초생달

어둠 속 잠긴 달이 아내의 눈썹 같다 새들조차 지상에서 몸 숨긴 허물 벗는 밤, 헛것을 보는 것 같아 눈을 찔끔 감는다

유배지 초생달이 밤물결에 흐느낀다 온점이 되지 못해 하늘로 숨어서 어둠을 밤새 핥고 있다 그리움이 찰 때까지.

아내 생각 · 2
_ 직녀

한양집 뜰
살구꽃이
피었다가
이내 진다

적소의 남편 향해
베틀로 날 새우니

살구꽃 그 향기 찾아
꿈결인 듯 가고 싶다.

구운몽 · 1

사나흘 비가 내려 마음이 더 추워졌다
쪽창을 잠시 열면 초로한 어머니가
장독대 정안수 한 그릇, 눈물인 양 출렁인다

시퍼렇게 이를 갈며 달려든 높새바람
초옥을 삼킬 것 같은 바닥만 보이는 밤
후두둑 듣는 빗줄기 먹물인 양 받는다

한지에 써 내려간 실핏줄로 얽힌 사랑
흰 구름 끌어내려 한순간 꽃피우고,
선천을 가로질러서 어머니를 뵙고 싶다.

구운몽 · 2

1
남해 첩첩 금산 올라
구운몽을 읽는다

갈수록 살기가 팍팍한 세상, 보리암 선방에 앉아 구운몽을 넘긴
다. 소쩍새 종일 울고 한나절 동안 장대비가 퍼붓다 탁 무릎을 치
니 그만 멈춘다.
집 나간 여편네도 돌아올 것 같은 봄 한때, 마파람에 홍매화
가 자지러진다. 그 꽃잎이 선방 안으로 밀려와 책 위로 수북이 쌓
인다.

그런데 백발의 대사가
문지방을 넘어온다

첩첩한 구름 속
꿈을 꾸던 나에게

구름 타고 내려가
양소유가 되라 한다

수호지 송강만도 못해
떠돌며 살았는데.

2
작설차에 몽환약夢幻藥 타
꿈을 맘껏 마신다

산천이 변모하고
기억들 죄다 사라져

말 탄 채 낭창낭창하게
산 돌아 집에 왔다

달빛이 비스듬히
서재에 머무른 밤

밤새도록 시경詩經 상서尙書가 내 몸속으로 들어와 그을린 영혼

을 씻어낸다. 세상의 길이란 길 여기서 시작됐나. 서울로 과거 보
러 가 사모관대 늘어뜨리고 입신양명하여 절도사도 되고, 황제의
누이 난양공주도 아내로 맞아들인다. 팔선녀가 차례대로 아내와
첩으로 고향땅에 함께 와 노모를 모시고 사는데, 모든 것이 황홀
하여 자주 헛배가 불렀다.

비 내려 마음도 젖는다
부귀 또한 지는 것을.

3
앵두꽃 핀 날
팔선녀랑
뱃놀이를 나갔다

모처럼 생일을 맞아 산수 수려한 강에 큰 배를 띄워 놓고 여덟
미인과 가무를 즐긴다. 주름 깊은 어머니의 얼굴이 환해지고, 쉴
새 없이 술이 들어간다. 경치를 바라볼 것도 없이 진채봉 적경홍
심요연 하나씩 가슴에 안겨 더러는 미인들이 불길처럼 에워싸 아
작아작 봄을 씹는다. 봄바람이 나풀나풀거려 난양공주 통소에 취
해 잠시 풋잠 들었다.

인생도 은근슬쩍 늙는데
나만 혼자 봄이다

들판을 가로질러 집 향해 걸어갈 때
황폐한 무덤 하나 잡초가 우거져 있다
비석에 양소유라 적혀
족보 꺼내 불 태운다.

4
침 흘리며
꽃이불 덮고
늘어지게 잔 새벽

눈 뜨니
꿈 밖이다
꽃들도 흐느낀다

대웅전
부처님 뵈러
욕망 끌고 바삐 간다.

국경의 밤

적막한 변방의 밤
즈믄 꿈도 소용없다

더딘 시간 속에
이름마저 지워 놓고

홀로 된 유배지 생활
새가 되어 파닥인다

야경꾼이 지나는지
딱다기 치는 소리

무장 커진 어둠 둘레
등불을 환히 켜며

한달음 달려가고픈
아내에게 편지 쓴다.

절해고도, 남해에서

남해 금산

적소 길
잠시 멈춰
남해 금산 오릅니다

바위 속에 웅크린 채 만경창파 남해를 봅니다. 석양이
오기 전까지 꼬불꼬불한 산길에 발자국을 남겨도 바람이 금
새 지웁니다.
나도 금산의 일부가 되고 싶습니다. 가슴 아픈 나날들 뚫어
버리게 남해를 껴안고 싶습니다.

천지간 소식 끊긴 봄
예서 주워 담습니다.

보리암

보리암 감싼 안개
제 몸을 가립니다

하산 길도 다 끊겨
백사로 꿈틀대는 절

신라의
고승 원효처럼
초막을 짓습니다

설악산 봉정암 같은
보리암 등성이에서

야위는 마음들로
부처를 친견한 뒤

이 땅의
안개 걷어 올려
다시 내려가렵니다.

이 땅의

앵강을 보며

초옥 지붕 위에서
앵강을 바라본다

아무 일도 없는 듯이 상처를 숨긴 바다

나는 또 해풍을 핥아
술과 詩를 먹는다

지칠 대로 찢긴 몸에
떠밀려 가는 물살

다 낡은 나의 목선 어느 포구 향해 갈까

이 밤도 별자리 띄워
더듬어 보는 앵강

죽방렴

지족해협 이르러
밤은 너무 빨리 오고

바닷가 주막집에
주린 배 쥐고 들어가

죽방렴
은빛 멸치로
늦은 저녁 먹는다

파도는 무장 커져
거품 물고 달려든다

대나무 그물에 갇힌
영혼들도 떨고 있나

노도에
갈 수 없는 죄인,
흰 뼈 드러낸 밤이다.

관음포 · 1

관음포를 지나다
이순신 떠올린다

전쟁 중 적소에서 풀려 기울어진 조선 지키기 위해 백의종군도 하고, 밤늦게 호롱불 아래 난중일기를 쓴 충신, 오늘따라 노량마을 선착장에서 저 바다를 바라보니, 푸르고 푸르구나, 그 절개, 그 기상.

거친 판옥선에서 숨을 거둔 이순신의 마지막 모습이, 파도로 몰려와 내 몸에 스민듯 유허비 앞에 향을 피운다. 사방 천지 봄꽃이 피었는데, 마음이 울컥한다.

노량의 물결 속에서
충무공이 보인다.

관음포 · 2

며칠째 앵강만에
파도가 신음한다

노량에서 전사한
수군의 몸부림일까

탁배기
바다를 향해
너끈하게 뿌린다

고려 말 우왕 때도
조선의 선조 때도

노략질한 왜구가
바다 밑 수장된 곳

어스름
찬바람 속에
노량을 바라본다.

어스름

노량을 바라본다.

노도 가는 길 · 1

평북 선천 귀양지 나온 것이 어제 같아
서울 본집 텃밭에 채소를 가꿨는데
그것을 거두지 못하고 노량해협 건넌다

파도소리 따라가다, 남해를 굽어보면
흥건한 가슴앓이 남기고 간 아버지
순절한 강화 바다가 예서 물결 파랑 친다

뱃멀미에 쪽잠 들자 홀연히 뵈는 아버지
한동안 엎드려서 두견처럼 울었다
꼿꼿한 들풀이던가, 바람 속에 사는 일은.

노도 가는 길 · 2

마음 잡을 수 없다 가슴 쓰린 유배의 나날, 복사꽃 지는
날에 허튼 꿈만 꾸었구나 뱃전을 때리는 파도가 만근의 눈
물 같다

한양땅 식솔들이 물결에 내비치고 숨어 있던 아픔이 미역
처럼 자라서 저 바다 풍덩 빠지게 배를 잡고 흔든다

이제 다시 노도에 어둠은 빨리 오고 무성한 외로움을 파도로
다스린다 오늘도 야윈 낮달이 몸속에 숨어 운다.

노도에서 · 1

늦저녁 높새바람
봉창을 뒤흔든다

그 뉘가 생을 다해
하늘 길을 오르는가

구겨진 마음 갈피로
날개 잃은 새가 된다.

노도에서 · 2

밤 깊어
단소 분다

은행나무
잎 다 지고

울음 섞인 소식들이
파도에 실려 올 때

온 밤내
눈썹 위 뜬 달

북쪽 향해
보낸다.

초옥 · 1
_ 겨울에

가시 울타리 밖 나가보지 못하였네

한나절 토방에 앉아
곰방대를 빨아대며

겨우내 너른 세상의
아우성을 듣고 있다

가시에 핀 흰 꽃들이
자지러진 저녁 무렵

눈발에 묻혀 가는 내 시름도 저리 깊어

마음에 섬을 들인다
내려앉는 초옥이여.

초옥 · 2
_ 부고

바다도 머리 풀었나
요 며칠 드센 풍랑

가까스로 연명해 온
아내의 허연 목숨

배 한 척 마음에 띄워
눈물 삼킨 밤이 간다.

초옥 · 3

사나흘 쌓아 둔
옷을 꺼내
빨래한다

푸석해진 한 생이
찌든 때를
뱉어 내며

이생의
가시 울타리
흔들리며
몸 말린다.

사씨남정기 · 1

장희빈 품에 안긴 왕조의 보름달이
하늘을 갈라내며 성난 말씀 하는 걸까
장대비 내리치더니 잠시 동안 멈춘다

조선의 종묘사직 화산처럼 들끓어서
그 아픔, 언문으로 써 내려간 남정기여
봄 가면 여름 오리니 열흘 붉은 꽃 없으니.

사씨남정기 · 2

궁궐 궁인들이
불 밝히며 돌려보는

추방 당한 신하의
남루한 공양으로

언젠가
파문이 번져
안개 첩첩 풀리겠지.

남황南荒 · 1

사람 발길 뜸해지자
그림자 길어진다

아내가 보내 준 서책
끈 닳도록 정독하다

쩡쩡한 핏빛 하늘 위
기러기를 바라본다

그대의 거친 유랑
발자국을 따라가면

외진 들판 내려앉은
바람소리 들려온다

적요가 쌓인 유배지
홀로 도는 술잔인가.

남황南荒* · 2
_ 不眠의 밤

빗장이 헐거워져
허전한 문 잠근다

　누군가 문을 박차고 들어와 사약을 내밀 것 같아 잠자리 들기 전 문을 잠근다.
　구름처럼 떠나는게 두려워서가 아니라, 바람의 울음소리 따라 마지막 생을 정리하고 싶다.
　겨울, 풀들도 낮게 엎드려 숨죽이고 한 생을 살피는데 바다를 가릴 만큼 폭설이 쏟아진다.
　초집 밖을 나갈 수 없는 누추한 생이 또 바람에 휩쓸려 떠다니다가 이내 흰 꽃으로 사태진다.

마당 앞 매화나무에
다시 꽃이 피는 걸까.

―――――――――――

* 남황(南荒): 남쪽의 쓸쓸한 변경.

고복하다[*]

슬픔에 반쯤 잠긴
초생달을 끌어내려

적소의 집
지붕 위로
날려 보낸 새 한 마리

여기서 비우는 한 생
북쪽으로 길을 낸다.

---

* 고복하다: 사람이 죽었을 때 그 사람이 생시에 입던 저고리를 왼손에 들고, 오른손은
  허리에 대어 지붕에 서거나 마당에서 저고리를 휘저으며 죽음을 알린다.

허묘 墟墓

남해가 굽어 뵈는
언덕배기 누운 채로

빈 집 뜨락 지나가는
파도소리 듣는다

초분에
드나든 해풍
이젠 뼈만 남았다

연신 눈을 닦아 가며
해거름에 몸 일으켜

물결에 떠밀려 온
그리운 소식들을

살며시
거두는 만중,
그 손길이 그윽하다.

살며시

노도에서의 하룻밤

앵강만이 훤히 보인
가게에서 낮술 한다

가슴이 찢어지도록
서포처럼 우는 바다

뭍으로
갈 수 없는 몸,
파도를 내리친다

하늘 쩍쩍 갈라져
쏟아지는 장대비

몇 점 외등 켜지고
마을은 조용하다

한밤중
삿갓 쓴 사내가
나를 향해 걸어온다.

물고기 뱃속에서 나온
김만중의 편지

송유미

서울 출생.
1993년 부산일보 신춘문예(시조) 당선.
1997년 동아일보 신춘문예(시조) 당선.
2002년 경향신문 신춘문예(시) 당선.
2007년 평화신문 신춘문예(동극) 당선.
2009년도 한국문화예술위원회 창작지원금을 받았으며,
제16회 전태일 문학상, 제4회 수주문학상 등을 수상하였다.
대표 시집으로 〈살찐 슬픔으로 돌아다니다〉가 있으며,
현재 '시연아트' 대표를 맡고 있다.

송유미 당선 소감

당신, "남해 노도에 갔지요. 뾰족한 가시들 다투어 허공을 할퀴고 있었지요. 구운 굴비 한 마리 올려놓고 삼단머리채 풀고 우는 한 많은 파도 소리도 있었지요. 탱글탱글 가시 손톱 끝에 피 흘리는 봄도 보았지요. 고통 밖에 없는 사랑이 사랑이냐고 오고 갈 곳도 없어 찾아온 나그네에게 죽은 당신이 산 사람들보다 더 다정하게 반겨 주었지요. 하필이면 바닷가에 와서 상한 고등어 먹고 온몸에 열꽃이 피어 검은 보자기 덮어쓰고 쪽마루에 나와 괴로워하는데 민박집 할머니는 가시 많은 독에 가시 삶은 물만큼 좋은 게 없다며 시큼한 탱자물 한 사발 사약처럼 억지로 코로 귀로 눈으로 마시게 했지요. 자꾸 탱자꽃 향기가 내 몸에서 뿜어져 나왔지요. 가시나무새들은 가시 면류관을 쓰고 하필이면 울멍울멍 햇살에 찔려 살이 터지는 탱자 울타리 품을 파고들며 울었지요." 당신과 부족한 작품을 선정해 주신 심사위원 선생님들과 연, 언, 교, 산, 희, 돌ᄐ에게 감사드린다.

물고기 뱃속에서 나온 김만중의 편지 · 1

_ 검은 밤 단애에서
  파도의 지친 숨소리가 흰 섬광을 수놓을 땐
  검은 띠 두른 죽음의 소식이라도 한 장 오렴*

1

이 세상 어느 길도 효도孝道만큼 아름다운 길이 있을까

섬은 바다에 갇혀 짐승처럼 하얗게 포효하고

가슴에 깊이 묻은 그리움 하나 부스스 잠 깨어 갯바위 찾는다

내 각지고 모난 삶을 천만 번 깨부수는 파도 소리 높아라

천 배 만 배 절을 올리면, 어머니 얼굴 주름 더 깊어라

사내대장부로 태어나서 이 큰 바윗돌 같은 불효에의 고통을

어디에 견주어 표현하리 이순耳順을 앞둔 두 귀를 곤추세운다

청상青孀의 한 많은 모정의 세월 위해

이 모질고 질긴 생生의 살가죽 벗겨, 물 위에 비碑를 새긴다.

---

* 이승엽 「병실」에서.

2

조선 사직의 위태로움처럼, 형틀 위에서 꾸는 꿈은 왜 이리 달콤
한지
밤이면 짚신감발하고 천리 꿈 길 떠나는 양소유의 몸을 빌려
물 좋고 산 좋은 구중궁궐에서 까맣게 전생을 잊는다 나를 잊는다
이 한바탕 꿈속의 꿈이 번개인 듯 풀잎의 이슬인 듯 허허하다고
육관대사 내 꿈 밖에서 크게 웃는다
이 꿈 또한 깨어나면 자취 없을 것을
갈기 세워 달려 온 천마처럼 허공을 박차고
한갓된 꿈에 빠져 허우적대던 생이 파도 새와 퍼덕퍼덕 날아오
른다.

3

돌 속에 들어가서 득도한 돌부처여,
세상을 사는 일이 당나귀 등에 매단
짐 보따리 신세인 줄은 차마 몰랐노라
이제 바다의 감옥문은 녹슨 자물쇠를 스스로 풀었구나
눈물바다 노 젓는 소리 요란하구나
정말 내가 죽었는지 아무도 가르쳐 주는 이 없구나
이 길이 없는 꿈길을 따라오는

유리창나비 떼 날개 부서지는 소리에
나의 하늘과 땅이 아낌없이 무너진다.

주: 1. 서포가 유배 된 섬, 노도는 당시 노를 많이 생산한 연유에 이름이 지어졌다고 한다.
　　2. 서포는 노도에서 병사하였고, 그의 빈 무덤이 남아 있다.
　　3. 소설, 구운몽은 어머니를 위해 지었다고 전해진다.

물고기 뱃속에서 나온 김만중의 편지 · 2

1

알싸한 풀벌레소리와 달빛이 섞여 덧칠한 어둠이다

어릴 적 밤은 귀신들이 살아가는 마을이라고 생각했었다

아니 흉흉한 저승사자의 말들이 쏟아지는 입술이라고 여기기도
했다

이제 먼동 트면 밤은 다시 한양에 두고 온 아침에게도 돌아갈 것
이다

아주 정갈한 옷을 준비하고, 이제 캄캄하게

저물고 지물어서 밤의 입술 속에서 흘러나오는

백성의 소리에 귀 세워 듣다가 별빛으로 쏟아져 볼 참이다

내 지친 그리움은 저만치 잠재워 두고.

2

누더기 꿰매 입고 쌀을 씻고 밥을 먹고

그물을 짜서 잡은 생선의 배를 갈라 바람에 말린다

이렇게 나를 생존케 하기 위해서 너무 많은 일들이

내 몸을 필요로 하는 것이 유배流配란 것인가

그래, 저 바람의 씨앗 같은 풀씨들이

서로 텅 빈 허공을 차지하기 위해 일사분란 움직이고 있지 않는가

미물과 힘없는 인간에게 빠짐없이 공평한 이 노동이 모처럼 눈

물 난다

아 너무 느린 이 돈오점수頓悟漸修

파르르 수평선의 아미蛾眉 떨린다.

3

눈 먼 거북이에게 판자를 하나 던져 주고

적소에 저 홀로 익어 가는 고독 한 잔 따라서

바다와 대작해서 마신다

붉은 해당화 웃음소리에 마음의 그림자 짙고

아기 돌멩이 하나 또록또록 두 눈을 뜨고 나를 지켜본다

나는 가슴에 가득 실안개 풀어 놓는다

뼈만 남은 내 등줄기를 타고 오르며 활짝 핀

호박꽃 그늘 아래, 발목 없는 새들

고개 젖히며 북北으로 날아간다.

물고기 뱃속에서 나온 김만중의 편지 · 3

바다에서 방금 나온 게들은 안짱걸음으로 풀숲으로 자꾸 걸어
들어갔네 구겨진 지전紙錢 냄새 풍기며 어옹漁翁 하나 바위 위에
앉아 새벽 연기를 피우고, 나는 수평선 너머 멀어져 간 뱃길 하나
따라 하염없네

몸을 바꾸어 다시 태어난 나는 어젯밤 꿈속에서 받은 진채봉*의
그리운 편지를 꿈인 듯 읽네

아버지는 임금을 위해 강화도를 건너다가 적의 화살에 쓰러지고
나는 삐꺽이는 배 안에서 태어났다네 세상의 인연은 이미 정해진
인과업보仁果業報의 수레바퀴인가 나는 수많은 섬 가운데서도 유
독 노도, 노를 만드는 무인도에 유배를 와서 날이면 날마다 피를
흘리는 아버지의 환영에 캄캄하네

---

* 팔선녀 중 한 인물.

부처님은 자아를 알면 대천세계가 내 안에 환하다는데 무엇으로
지워야 할지 알 수 없는 어둠 속에서 윙윙 우는 뒤란의 대숲소리에
도 심란하여라 전생에서 옷깃 스치고 열매 맺지 못한 이들이 얼마
나 많은지 밤이면 벽에서 걸어 나오는 인물들이 미혹처럼 웃네

다닥다닥 모여 앉는 남해의 섬들은 단란한 가족들같이 집어등의
이마를 맞대어 밝히고 내 몸속에서 아직 다 태우지 못한 울음들이
해안선 옆구리에서 자꾸 흘러나오네

생각난 듯 바다에 생선비늘 눈이 내리네 이렇게 병든 채 죽어 가
는 나는 나조차 구하지 못하니 나라를 어찌 구할까 세상의 칼바람
에 떨어진 추풍낙엽들이 떠다니는 바다에 풍덩 빠진 태양이 거북
이처럼 고개를 내미네.

물고기 뱃속에서 나온 김만중의 편지 · 4

_ 말에게 물 먹이며 가을 강물을 건너니
  물은 차갑고 바람은 칼날 같네
  끝없는 사막에 해는 아직 지지 않았고*

1

당신, 동백 꽃잎 위에 또 한 꽃잎이 몸을 슬프게 포개며 떨어집
니다

한 땀 한 땀 다희** 짜시던 심상心想 위에

날줄 씨줄 거미줄 짜입니다

길게 머리 푼 파도 소리 초가 지붕 위에 벚꽃을 울렸습니다

꽃울음소리 듣다 보면 굳게 닫아 둔 사립문짝이

넓은 부처님 귀처럼 열립니다 문득 뜰 앞의 후박나무 한 그루

제 그림자까지 돌돌 말아 내 곁에 잠을 청합니다 이와 같은

관觀은 무엇이고 깨달음이 무엇인지 알 수 없으면서도, 한번쯤은

천지天地가 무너지는 경험을 하여 마음 찢긴 풀의 영혼을 달래
줄 언어言語로

---

* 왕창연의 「새하곡」 중에서.
** 김만중 선생의 모친 윤씨 부인은 다희[양말]와 수를 놓아서 생계를 이었다고 전함.

꼭 한 권의 소설을 쓰고 싶어 밤이면 구렁에 빠진 이 몸에다
수차水車를 돌리며 아슴한 유년의 그 등불 밝힙니다.

2

당신, 몇 줄기 맑은 물은 붉은 해당화 속에서 솟구치고 어제의
태양은
바다에서 솟았습니다 오늘은 만상萬象에서 쇳물이 끓고
여명이 밝아왔습니다 바다는
수천 수만의 모가지 날아간 동백 짐승의 붉은 피에
물들어 저토록 파도의 발톱 세워 으르렁대고 있습니다
석 자 깊이로 판 뒤란의 우물에는*
어젯밤 떨어진 별빛들의 고통이 흘러넘쳐 바다에 닿습니다
서툰 두레박질하듯이 온몸이 눈물에 젖었습니다 당신이 아주 어
린 날
내 얼굴을 말끔히 씻어 주듯이
내 머리 위에 달무리 둘러치는 보름이여!
가시 울타리 품을 파고들며 가시나무 새가 자꾸 웁니다 꿈에 보

---

* 김만중 선생의 초옥, 뒤란의 우물은 현재까지 보존되어 있다.

았던

　전생의 풍경이 선명한데 꿈같은 이 하루 또한

　꿈인 듯 아득합니다 평생 묵을 갈아 왔으나

　지금 나를 둘러싼 절망에 비교할 수가 없습니다 둥둥 구름 위에
앉아

　당신은 그리운 손사래를 치십니다 못난 불효자

　얼싸 등에 베개 하나 집어넣고 위무의 춤을 춥니다

　칼빛 물고 바람도 춤을 춥니다.

물고기 뱃속에서 나온 김만중의 편지 · 5

_ 철령 높은 봉에 쉬어 넘는 저 구름아
  고신원루孤臣寃淚를 비 삼아 실어다가
  임 계신 구중궁궐九重宮闕에 뿌려 볼까 하노라.*

1

진종일 찢어진 문풍지 윙윙 웁니다

지난밤 붉은 동백숲 속에 굴러다니는

달을 펑 차며 놀던 돌고래 사라진

아침바다는 적멸보다 조용합니다

줄탁동시啐啄同時에 이르지 못한

내 반 푼의 학문은 그저 언챙이 같아 서럽습니다

천상천하 유아독존天上天下 唯我獨尊

부처님은 어머니 뱃속에서 중생제도 했다는데

말구末口에 이르지 못한

나의 깨달음은 허방 같고요

석삼 년도 넘게 섬에 살면서

하얀 톱밥을 토해 내며

---

* 백사 이항복의 시조 인용

밀려오는 바다의 시퍼런 말을
소설 속에 한마디도 옮겨 적지 못한 것이
미련한 중생살이에서
벗어나지 못한 참선 같구요.

2
사랑하는 어머니, 오늘따라
외로운 저 달은 왜 저리 밝은지요
미친놈처럼 하늘을 쳐다보며
스스로 웃는 소리에 하늘도
이제는 전혀 놀라지 않고
알껍데기 깨어지는 듯 밝아 오는
여명의 틈 사이로
밀려오는 저 반야용선半夜龍扇
부질없는 꿈같아 더욱 서럽습니다.

물고기 뱃속에서 나온 김만중의 편지 · 6

새벽 어옹들의 노 젓는 소리에 문득 깨어난다

늘어졌던 빨랫줄 같은 수평선 다시 팽팽하고

흰 상복자락 펄럭이는 바람의 귀는 사납다

이것이 꿈이라면 길을 자주 잃어도 좋겠다

이마를 깨부수고 날아오르는 파도 새무리들,

날마다 습襲을 하여도 바다를 떠나지 못한다

문득 눈 소식처럼 한양살이 그리워진다

나이가 드는 만큼 시들지 않는 마음이 싫다

섬 아낙들은 돌고래마냥 바다에서 일하며 놀고

나이테 굵은 남해의 높새바람 소리 나귀 울음 닮아 간다

입 안에 곰팡이꽃 피어 만발하였고

아무도 안녕을 묻는 이 없으나, 착한 달빛들이

목측에 그려 놓은 섬과 섬 사이 외로움만큼 거리가 멀다

갈기가 센 바다는 성질머리 고약한 내 전생같이

노 젓는 소리 하나 붙들고 온종일 사납다

낡은 삿갓 하나 꿈속에 띄워 놓고 오수를 청하는 사이
늙은 뱃사공은 바닷길을 천 갈래 만 갈래로 갈라놓았다
저 앵강만 발치에 와서 흩어지는 하얀 상소 같은 바람의 말들
물의 말들, 답답한 백성들의 한 맺힌 통곡이다
본시 귀로 듣는 것이 말이 되고
말이 되는 것이 눈에 보이기도 하는 법
버려지고 또 버려진 이 몸에 아직은 썩지 않는 날것들 있어
묵정밭에 옮겨 심으니, 아하 낙관 붉은 그림 한 점이다
생生이 꿈속의 꿈인 것을 스스로 감옥을 자처했으나
내 부서진 관절을 삐꺽이며 물레 잣는 한숨 소리여,
이 꿈 깨면 나도 모르는 꿈속에서 나그네처럼
어머니기 들려주는 자장가를 기쁘게 들으리라
저 하늘과 양손을 잡아
천지간을 울리는 무적소리 심장이 쪼개지는 꿈속이다.

물고기 뱃속에서 나온 김만중의 편지 · 7

_ 주자어류 읽다가*

삼단 머리채 풀고 파도가 시퍼렇게 웁니다 날이 저물어도 물새들은 집으로 돌아가지 않았습니다 아버지가 대국에 이기지 못한 것처럼, 해당화 피고 지는 물 위의 사직社稷 하염이 없습니다 짚신을 감발하고 떠났던 그리움은 흙더미에 묻혀 버렸습니다 밤하늘을 떠도는 별빛 두어 개 할 말이 있는 듯 눈빛 몹시 반짝입니다 수천 번 허물을 벗고 혼절하였다가 일어서는 바다의 마음을 읽습니다

막막했던 어둠 저편에서 찰박거리며 다가오는 섬이 보입니다

하얀 톱밥을 게워 내고 달아나는 저것은 또 무슨 바다의 속셈인지 모르겠습니다 당신은 평상심은 맑은 공기와 같다고 하셨지요 그러나 중심을 잃는 이 마음은 입을 막고 속울음 씹고 있습니다

---

* 김만중 선생은 유배 기간에 「주자어류」를 빌려 읽었다고 함.

밤낚시는 세월이 가는 줄 모르는 신선놀음이라 하지만 나는 내 일 같지 않아 마음이 편치 않습니다 붉은 피를 토하는 석양은 이윽고 바다에 빠져 부지직 숨을 놓습니다

익숙한 어둠이 찾아오고 모친을 뵌 지 얼마나 지난 것인지 기억에 없습니다

휘몰아치는 해풍은 바윗돌 속으로 걸어 들어가서 나오지 않고 누가 벗은 짚신 한 켤레 다투어 반야용선이 되어 떠납니다 아편 같은 이 달콤한 달빛 우두커니 앉아 손으로 더듬어 봅니다 따뜻한 이 살아 있다는 신호! 가늘고 긴 느린 느낌, 오래 파도가 되어 철썩거리다가 파문 그리며 사라집니다 아주 먼 곳에서 유성우 쏟아집니다

내가 책처럼 넘기는 바다는 더 깊어 갑니다.

물고기 뱃속에서 나온 김만중의 편지 · 8

부서진 파도소리 한 잎 주워 책갈피에 오늘처럼 꽂았다

어두운 바다 위로 걸어 다니는 바람 소리 사납다

섬과 뭍 사이 파도는 밤이면 더 높고

기다려도 오지 않는 것은 무엇인지 이제 알 수 없다

단 하나 남은 촛불인 양

마지막 손가락 잘라 피눈물 흘리며 혈서를 쓴다

잠든 고통도 새벽이면 다시 짐승소리를 내며 울고

무성한 가시 울타리 손톱들을 세워

텅 빈 허공의 등짝을 피나게도 긁는다

막 어디론가 떠나는 구름 몇 장에게 몇 자 써서

보내야 할 말도 잠시 잊었다 몇 날 며칠

곤궁한 아궁이에 지핀 군불들이 검은 연기 끝없이 풀어낸다

캄캄한 유배가 끝나는 날까지 이 목숨이

견뎌내야 할 오욕의 입술은 이미 말라 비틀어졌다

바람은 낼도 서쪽에서 동쪽으로 불어제칠 것이다

한없이 거칠고 사나워져서 나도 알 수 없는 마음으로

이제 무엇이 옳고 그른지 상소할 힘도 없이

그저 능인의 진여에 기대여

피를 말리며 한 줄 글을 어머니 위해 짓는다

저 그을림 다 닦아 낸 등피의 밝음 속에서 아내가 웃는다

지고 온 고통은 잠시 신발을 벗고

형틀 위에 앉아 조은다

바다를 건너오는 말발굽 소리 희미하고

풀썩 석양은 수평선 밖으로 떨어지고.

1

당신이 보내 주신 한지에 싸인 매화 향기 읽습니다.

코로 향기를 맡지 않고 연적硯滴에 섞어 갈아 답장 씁니다.

시간은 흐르는 것인지 아니면 사라지는 것인지 생각합니다.

이 섬에 발목 붙들린 지 여러 해

낯선 해면 위에서 어린 새들은 습쩹을 합니다.

날이 저물도록 허공이 다 부서지는 줄도 모르고요.

2

당신, 사랑은 때로 차면 기우는 달과 같은 것이라 하였지요.

아니 물과 같이 잡으면 더 멀리 흘러가는 것이라 하였지요.

가물가물 기억의 우물을 퍼 올리며 보낼 수 없는 편지를 씁니다.

괜히 심란해져서… 눈물 먼저 가리우고

몇 번이나 붓을 적시다가* 도로 던져 버립니다. 그러다가

꿈속을 방랑하던 내 전생의 영혼의 얼룩에 잠 못 이룹니다.

3

오늘 밤도 당신과 길이 엇갈린 꿈입니다.

도무지 마음도 몸도 예전과 같지 않습니다.

해마다 더 성해 오는 그리움도 병을 깊게 합니다.

밤새도록 섬 저 혼자

노를 삐꺽대다가 뭍으로 떠납니다.

너무 오래 그리워하다 막 터진

매화꽃 향기에 다 부칠 수 없는 봄, 그늘 위에 눕습니다.

누운 자리만큼 물결에 흔들리며.

---

* 김만중 선생은 남해에 유배 중이던, 1689년 9월 25일 모친의 생일에 '사친「思親」'이라
는 시를 썼다. 시의 일부 인용함.